Yaguarê Yamã

A LENDA DO YÕBUGWATA

Ilustrações de Amy Maitland

PANDA BOOKS

Texto © Yaguarê Yamã
Ilustração © Amy Maitland

Direção editorial
Marcelo Duarte
Patth Pachas
Tatiana Fulas

Gerente editorial
Vanessa Sayuri Sawada

Assistentes editoriais
Henrique Torres
Laís Cerullo

Assistente de arte
Samantha Culceag

Projeto gráfico, capa e diagramação
Samantha Culceag

Edição de texto
Beto Furquim

Preparação
Ronald Polito

Revisão
Clarisse Lyra

Impressão
PifferPrint

CIP-BRASIL. CATALOGAÇÃO NA PUBLICAÇÃO
SINDICATO NACIONAL DOS EDITORES DE LIVROS, RJ

Y18L
Yamã, Yaguarê, 1973-
A lenda do Yũbugwata / Yaguarê Yamã; ilustração Amy Maitland. – 1. ed. – São Paulo: Panda Books, 2025.

ISBN 978-65-5697-430-9

1. Lendas - Amazônia - Literatura infantojuvenil. 2. Literatura infantojuvenil brasileira. I. Maitland, Amy. II. Título.

25-96510
CDD: 808.899282
CDU: 82-93(81)

Gabriela Faray Ferreira Lopes – Bibliotecária – CRB-7/6643

2025
Todos os direitos reservados à Panda Books.
Um selo da Editora Original Ltda.
Rua Henrique Schaumann, 286, cj. 41
05413-010 – São Paulo – SP
Tel./Fax: (11) 3088-8444
edoriginal@pandabooks.com.br
www.pandabooks.com.br
Visite nosso Facebook, Instagram o Twitter.

Nenhuma parte desta publicação poderá ser reproduzida por qualquer meio ou forma sem a prévia autorização da Editora Original Ltda. A violação dos direitos autorais é crime estabelecido na Lei nº 9.610/98 e punido pelo artigo 184 do Código Penal.

FSC
www.fsc.org
MISTO
Papel | Apoiando o manejo florestal responsável
FSC® C044162

Ao amigo Thiago Correa, grande pesquisador e
contador de histórias de assombração.

Meu nome é Alderlan Maraguá. Sou professor da Universidade Federal do Amazonas (Ufam). Foi no campus de Parintins que fiquei amigo do professor Afonso. Agora estão tentando me convencer a continuar a pesquisa pioneira iniciada por ele sobre a lenda do Yũbugwata. Nem pensar! Depois de tudo o que aconteceu com ele, prefiro me conter e só narrar o que eu soube a respeito dessa famigerada história. Acho que você vai me dar razão.

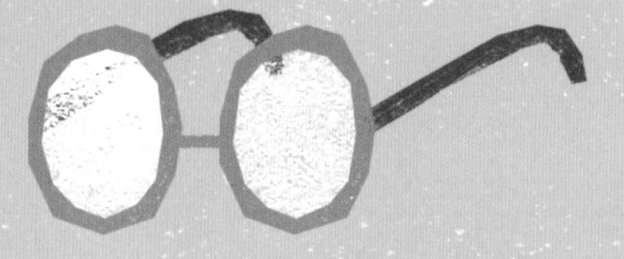

Afonso estava obstinado por informações sobre a origem do Yũbugwata. E, quando ele queria muito saber alguma coisa, não descansava. Já tinha entrevistado várias pessoas da região sobre o assunto. Um deles lhe contou:

— Seu nome era José Mãgwaba. Ele morava arriba daquele morro. Causo de um dia de lonjura da boca do lago. Tempo de Cabanagem, lá pelos idos de 1835. Aqui só tinha gente maraguá antes da mortandade. Os brancos vieram e mataram José porque ele não sabia falar português. Ele se recusava a aprender. Por isso morreu.

— E como foi que o mataram? — perguntou o professor.

— Prenderam ele entre duas montarias e, para servir como exemplo, chamaram todos para ver. Começaram a afastar uma da outra cada vez mais, espichando aos poucos o corpo de José Mãgwaba. Ele morreu gritando de tanta dor. Ficou tudo exposto: vísceras, órgãos, sangue... Deixaram o corpo ali embaixo da ribanceira. Uma mão amarrada numa das canoas, um dos pés preso na outra. Enquanto isso, o povo se aglutinava dentro da casa principal do vilarejo, com medo dos brancos.

O relato dos moradores é longo, então vou resumir o que vem depois. Dali a duas noites, o corpo, já em decomposição, desprendia um odor insuportável. Mesmo assim, os brancos não deixaram que José fosse sepultado.

Chegou sexta-feira. Enquanto a noite ia alta, um pajé desconhecido, desses que aparecem ninguém sabe de onde (talvez um *çakaka*, a mais poderosa ordem dos pajés amazônicos), aproximou-se sem que os soldados percebessem e se pôs a fazer uma prece em cima de José Mãgwaba.

A prece era em nheengatu e dizia assim: "Saia da morte, José. Beba do vinho da eternidade e apareça para todos que te traíram ou te mataram. Com certeza o grande espírito dos mortos irá libertá-lo".

O professor Afonso já tinha aprendido que o espírito dos mortos, na crença do povo maraguá, é a bela Kunhãgwera, esposa de Anhãga. Rainha do Mundo Subterrâneo, ela é a senhora da feitiçaria e da vingança. Ao que se sabe, José Mãgwaba também era pajé, e por isso Kunhãgwera intercedeu, já que ela não descansava enquanto não vingava seus seguidores.

No sábado, não havia mais nada, só o fedor da decomposição impregnando o ar. Os soldados ainda o procuraram. Exigindo saber quem havia tirado o corpo dali, levaram presas dez pessoas, que foram torturadas nos troncos e velas dos navios, castigos medievais desconhecidos dos nativos daquela época e que ficaram como a marca do caráter dos algozes europeus.

O corpo do pajé José Mãgwaba nunca mais foi encontrado. Seu sumiço virou lenda, segundo um velho indígena:

— Assim José morreu, mas assim também retornou do Mundo dos Mortos. Muito tempo depois, quando tudo aqui havia mudado e os brancos dominaram toda a Amazônia, quase ninguém mais conhecia essa história. De descendentes da época de seu assassinato nem mais se sabia. Os tempos eram outros, mesmo assim ele retornou para fazer vingança. E se vinga ainda, de qualquer um que pareça ser mau. Vingança por vingança. Morte após morte. Por uns, hoje pagam todos. Uma vez por ano ele aparece para castigar as pessoas.

— Uma vez por ano? — Afonso estava intrigado.

— A cada ano ele aparece. E é sempre numa sexta-feira, justamente o dia em que foi levado para o inferno para ser transformado no que é hoje. Um demônio terrível que exala o fedor da carne podre quando se manifesta. E, olha! Se ele aparece para matar uma vez por ano, saiba que é sempre no sexto mês... Agora veja a data de hoje!

Quando o velho indígena disse isso, todos fizeram ar de preocupação, aguardando Afonso responder.

— Hoje é 23 de junho — disse o professor, fitando o celular.

— Isso mesmo — completou o ancião. — Estamos perto do final do mês e não houve nenhuma notícia de morte terrível. Ele mata as pessoas das maneiras mais cruéis que se possa imaginar e não acaba a mortandade enquanto o último no recinto não estiver esquartejado.

Depois disso, ninguém falou mais nada. Ficaram apenas observando o professor ali em pé, anestesiado, como se tivesse passado por um susto. Por um momento, pareceu que ele diria algo, mas estancou. Mão por mão, ele foi cumprimentando, sem dizer nada. Só com o olhar ele expunha um agradecimento. Os velhos não pareciam se importar. Deixaram o homem ir sem dizer uma única palavra.

Após a entrevista, o professor Afonso viajou de volta a Parintins, onde procurou mais pessoas com quem pudesse conversar a respeito desse assunto. Visitou universidades e escolas, sempre à procura de conhecedores de casos e de histórias de *visaje*, palavra que usavam para "assombração". Tudo em vão.

Certo dia, enquanto tomava sorvete com um colega da universidade, Afonso comentou sobre suas dificuldades para encontrar informações a respeito do Yũbugwata. Depois de se despedirem, o professor continuou pensativo, olhando as águas do rio. De repente, ouviu uma voz às suas costas:

— O senhor estava falando do Yũbugwata?

Muito surpreso, Afonso virou-se e viu o vendedor de picolé. O homem lhe disse que seu velho tio indígena sabia como chamar o tal monstro sem ser alvo de sua vingança.

— Eu o levo até ele — ofereceu o vendedor.

— Seria muito interessante, mas prefiro que não seja agora — respondeu o professor.

Apesar de querer muito saber mais sobre a entidade, Afonso ainda não se achava preparado para conversar com alguém que parecia de fato acreditar na existência do Yũbugwata. Antes disso, faltava ainda falar com outro colega pesquisador que conhecia essa lenda.

Era do feitio de Afonso questionar coisas que lhe pareciam inverdades. Certa vez me disse que talvez isso tivesse a ver com sua formação. Costumava dizer: "ouvir moradores de um povoado é uma coisa, pesquisar é outra e acreditar é bem diferente".

Ao aprofundar sua pesquisa, Afonso pôde entender por que Yũbugwata havia sido escolhido para morrer, segundo os historiadores. Contrariando a versão dos moradores locais, naquela época nem todos eram mortos por se recusarem a falar português. A maioria das vítimas, de acordo com os documentos, tinha feito algo considerado criminoso. Uma ofensa, um homicídio...

José Mãgwaba, no caso, havia sido acusado de ser devoto do satanismo, que alguns chamavam de bruxaria. Na época da Cabanagem, o governo ainda considerava toda crença indígena diabólica e tentava exterminar qualquer foco de resistência cultural e religiosa face ao "aportuguesamento" e ao "branqueamento" promovidos nas populações da Amazônia.

Na biblioteca da universidade, o professor ainda achou um livro com as seguintes referências:

> Yũbugwata: ser da mitologia do povo indígena maraguá, pertencente ao grupo de fantasmas. Entidade maléfica cujo nome "corpo alongado" se deve à forma como foi morto. Segundo a lenda, aparece quando chamado pelo nome três vezes, sucedidas de uma reza. É também parte de uma antiga profecia de cunho político que diz que, quando a entidade alcançar mil pessoas ceifadas, voltará a ser mortal e liderará a vitória dos povos subjugados sobre os invasores europeus.

Assim, Afonso aos poucos foi juntando as peças. Conversa após conversa, resposta após resposta, finalmente se viu pronto para encontrar o tal velho indígena que supostamente sabia como falar com Yũbugwata.

Pela manhã, procurou o vendedor de picolé, que o levou até a casa do tio. O ancião respondeu a dezenas de perguntas do professor. Algumas respostas confirmavam informações que ele já sabia. Outras, porém, eram novidade. Aos poucos, foi surgindo a certeza de que ali Afonso encontraria o que tanto procurava.

— José era meu tataravô — disse o velho, com um olhar preocupado, olhando para todos os lados, como se não desejasse que alguém ouvisse a conversa.

— E hoje — prosseguiu o professor —, como é a aparência do Yũbugwata?

— Assim como morreu, assim ele é. Por ter sido espichado, tem o corpo desproporcionalmente longo. Também tem feridas enormes e um fedor pútrido que exala antes e depois de seu aparecimento, isso sem falar nos olhos escuros, terrivelmente profundos, capazes de enlouquecer quem os mira.

— Deus do céu! — exclamou Afonso. — Olha que já ouvi histórias de monstros terríveis, mas nenhum como esse de vocês...

— Não é nosso! — refutou o velho. — Ele não nasceu assim. Foi culpa de brancos como você, que, mesmo centenas de anos após a invasão da Amazônia, continuam fazendo pouco de nós.

O professor viu estampado no rosto do velho indígena o ressentimento por tanta incompreensão.

— Se não acredita nas crenças do meu povo, não venha perguntar mais nada — arrematou o velho. — Aliás, nem sei por que o recebi.

Após dizer isso, continuou falando, mas em nheengatu, olhando para o professor e depois para o sobrinho, que estava um pouco mais distante.

— Pẽyé tapuya pepuraĩ perikú yepé yũbuesawa (Vocês brancos precisam receber uma lição).

Desconfortável com a frase que não pôde entender, o professor desconversou.

— Estou tentando imaginar sua figura.

— Você não sabe de nada! Acho melhor parar por aqui se não quiser se arrepender de ter procurado saber o que não devia.

— Mas eu quero saber — disse, irritado, o professor. — Entendo que você tenha ressentimento por meus antepassados brancos terem submetido seu povo à escravidão, ao colonialismo de suas almas. Mas não é disso que trato aqui. Vim como amigo e preciso saber mais sobre o Yũbugwata.

O homem então se levantou, aproximou-se do professor e disse:

— Está bem! Seja como quiser.

Após alguns instantes calado, o velho indígena, agora mais calmo, começou a parte crucial do relato:

— Ele aparece no momento em que há pouca gente, e quando um ou dois estão quietos. Numa tarde triste de chuva, o dia se cala e se projeta a sombra do corpo comprido, o Yũbugwata. Primeiro se ouvem vozes por todos os lados. Depois, gritos de dor ecoam no escuro. Em seguida, tudo se fecha: porta, janela, portão, cadeado... Tudo se paralisa, inclusive as pernas bambas de quem estiver sentindo sua vibração. A pessoa morre mais pelo susto e pelo medo do que pelo próprio ataque do Yũbugwata. Uma *visaje* de dores, de uivos, de gemidos. Uma aparição das mais terríveis já ocorridas por essas bandas. Surge em casas antigas, casas rotas que estejam nas beiradas das barrancas dos rios da Amazônia. Lembrança de um tempo sombrio, de um tempo em que muitos morreram por serem nativos.

Afonso estava assustado, mas ao mesmo tempo arrebatado com a revelação:

— Daí ele aparece. O vingador da deusa Kunhãgwera sobe do Mundo dos Mortos para assassinar, dilacerar e se vingar dos que o mataram. Yũbugwata, nome da antiga língua de meus ancestrais e que significa "muito comprido", faz jus ao ser. Pernicioso, excomungado... o demônio que coleciona almas. E desde que voltou do Mundo dos Mortos, há mais de cem anos, já recolheu duzentas pessoas. Pretende chegar aos mil mortos e, quando conseguir, a deusa Kunhãgwera o tornará gente novamente para liderar os povos indígenas contra o governo dos brancos. Essa é a profecia, dita por um antigo pajé, que meus ancestrais aguardam.

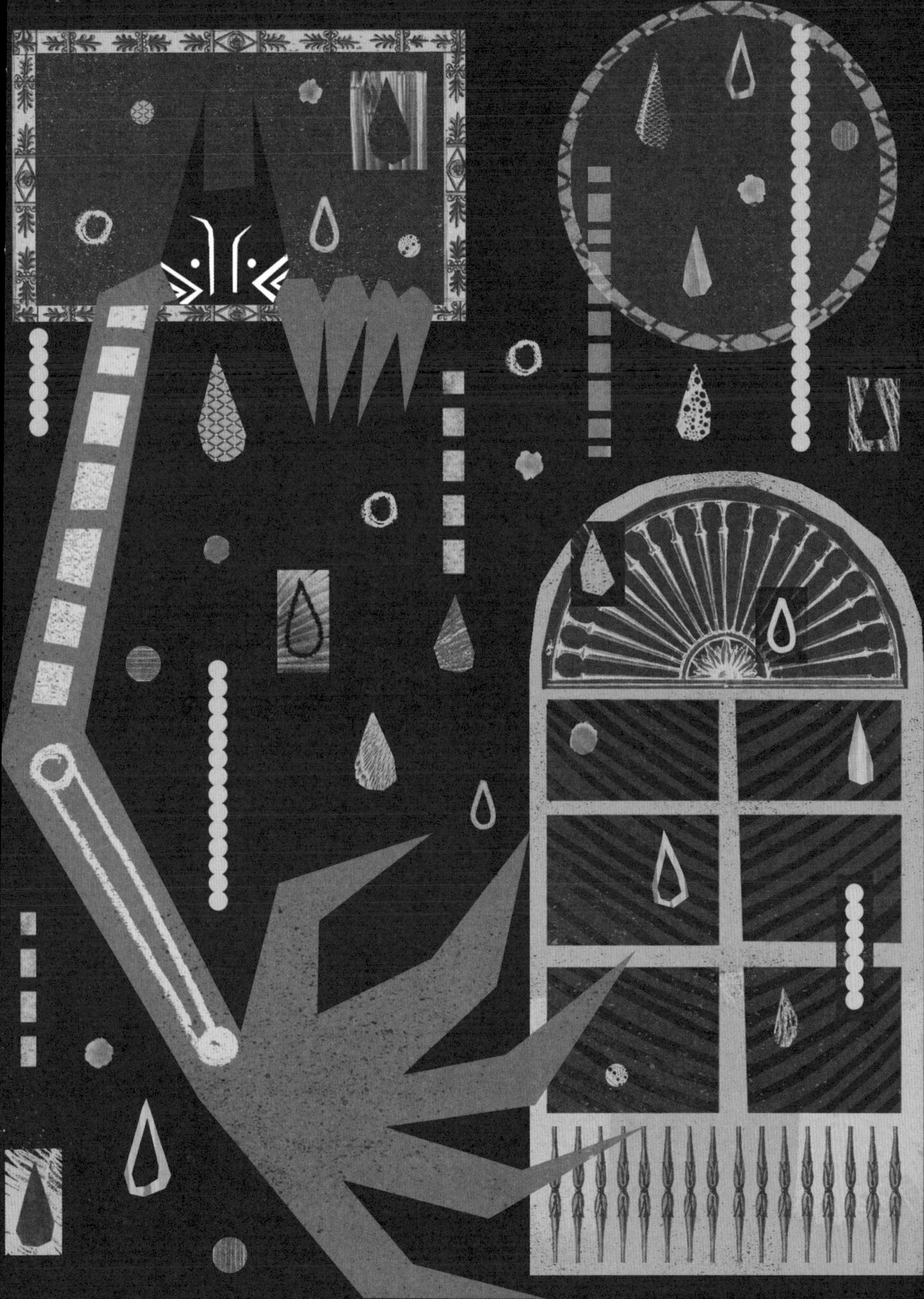

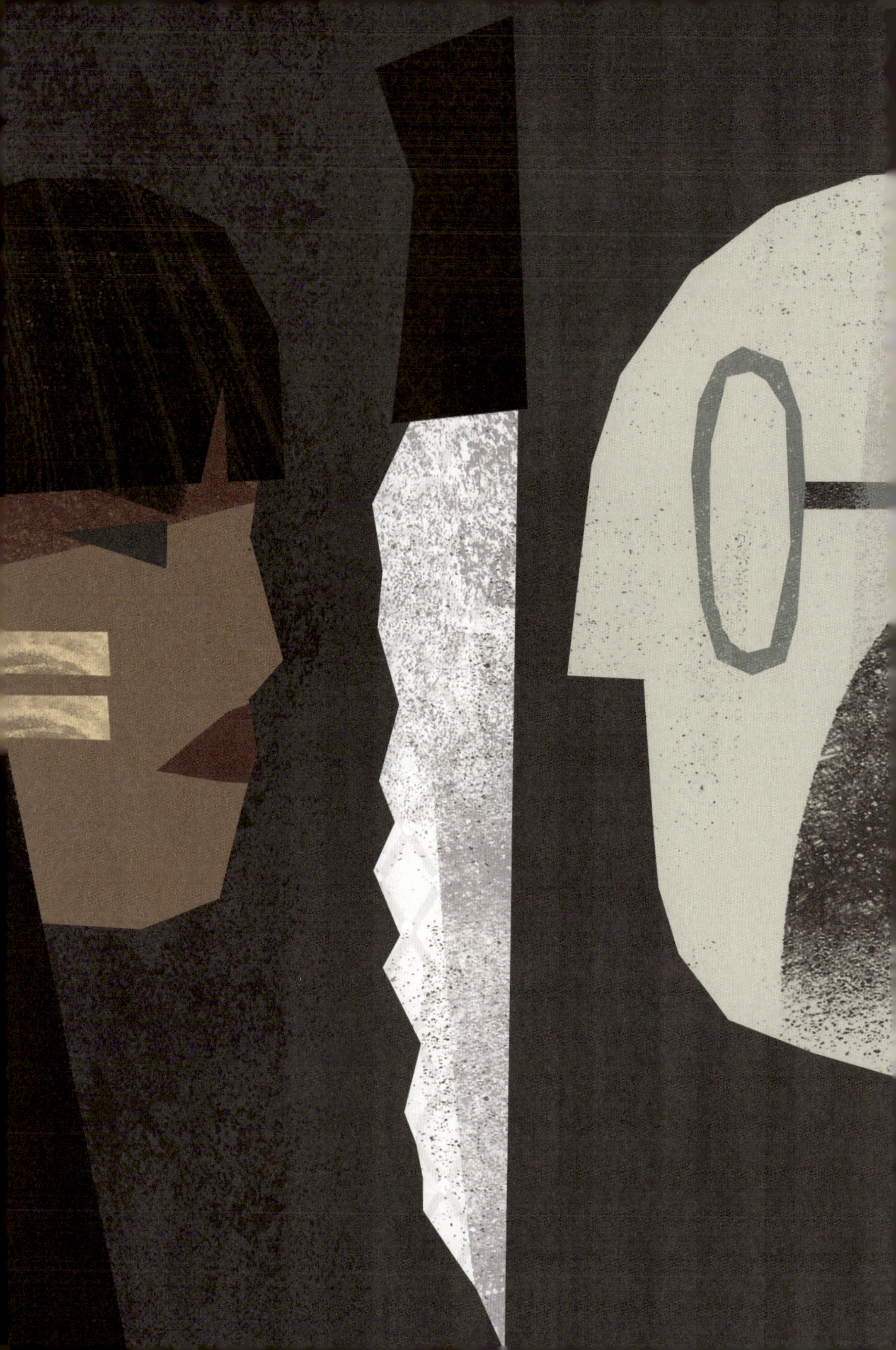

— Veja! — disse a mulher do velho, que ouvia a conversa atrás da porta, ao dirigir-se ao professor com um pedaço de faca corroída pelo tempo.

— O que você pensa que está fazendo? — perguntou o velho.

— Se ele está querendo tanto saber sobre Yũbugwata — respondeu a mulher —, por que não fala com ele mesmo? Tome, leve esta faca. Era de José Mãgwaba. Por intermédio dela você poderá chamá-lo. Mas saiba: nada do que vier a acontecer a você ou aos seus familiares será culpa minha ou do meu marido.

Atônito, sem saber como reagir à fala franca da mulher, que praticamente o induzia a fazer uma espécie de chamado sobrenatural, o professor pegou a faca.

— Senhora, entendi o que quis me dizer. Levarei a faca, sim. Não vejo por que me preocupar. Mesmo respeitando sua crença, farei o que for necessário para minha pesquisa.

E, após se desculpar novamente pelas palavras que incomodaram o velho, despediu-se e pegou o rumo de sua casa. Passou a tarde toda lembrando da visita que fizera ao casal indígena.

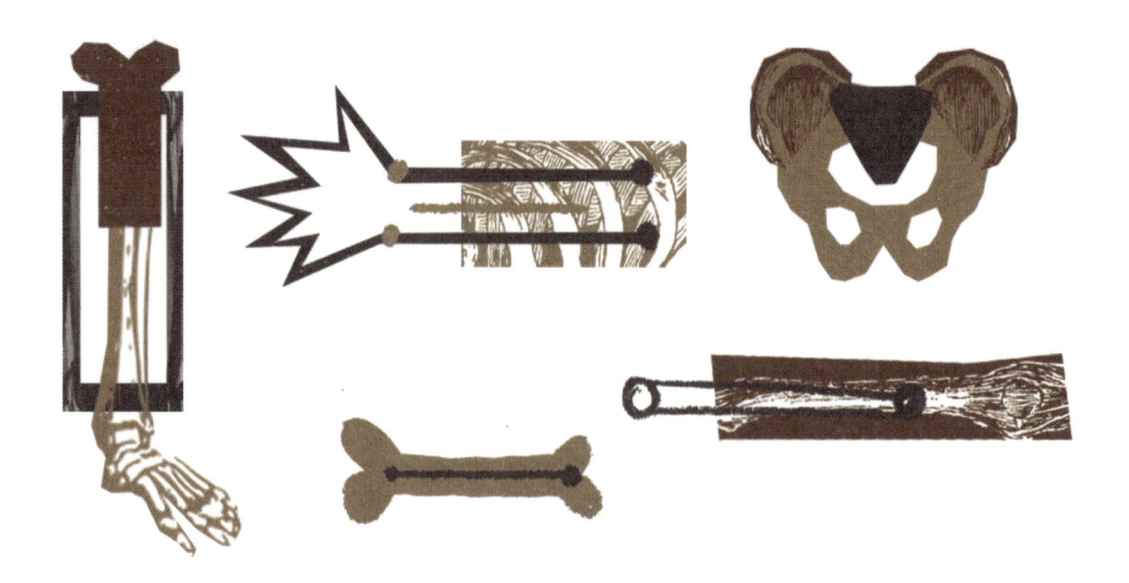

No outro dia, sentindo-se mais leve, Afonso voltou ao campus universitário. Pesquisando na internet, buscou saber sobre objetos de encantamento ou que serviam para entidades. Não viu nada sobre a tal faca. Óbvio, pensou ele. Não era justamente sua pesquisa a primeira a estudar a fundo essa lenda indígena do interior da Amazônia? Essa constatação o deixou ao mesmo tempo animado e ansioso.

Agora sabia que Kunhãgwera, a senhora dos mortos, fora quem havia revivido Yũbugwata e o transformado em *visaje*. Era ela que fazia sair do Mundo dos Mortos as tantas entidades pertencentes à mitologia maraguá.

E mais: Afonso sabia que se tratava não só de uma lenda fantasmagórica indígena, mas também da profecia de um pajé, levada a sério pelos parentes do antigo morto. Um morto-vivo, um monstro cruel que mata para voltar à vida...

À medida que a curiosidade crescia, o professor passou a mudar seu comportamento. De vez em quando, entreabria a gaveta do escritório e punha-se a observar a velha faca, tomando muito cuidado, pois sua mulher jamais poderia saber. Guardava a sete chaves o tal objeto, na certeza de que um dia conseguiria usá-lo, ainda que o medo fosse maior.

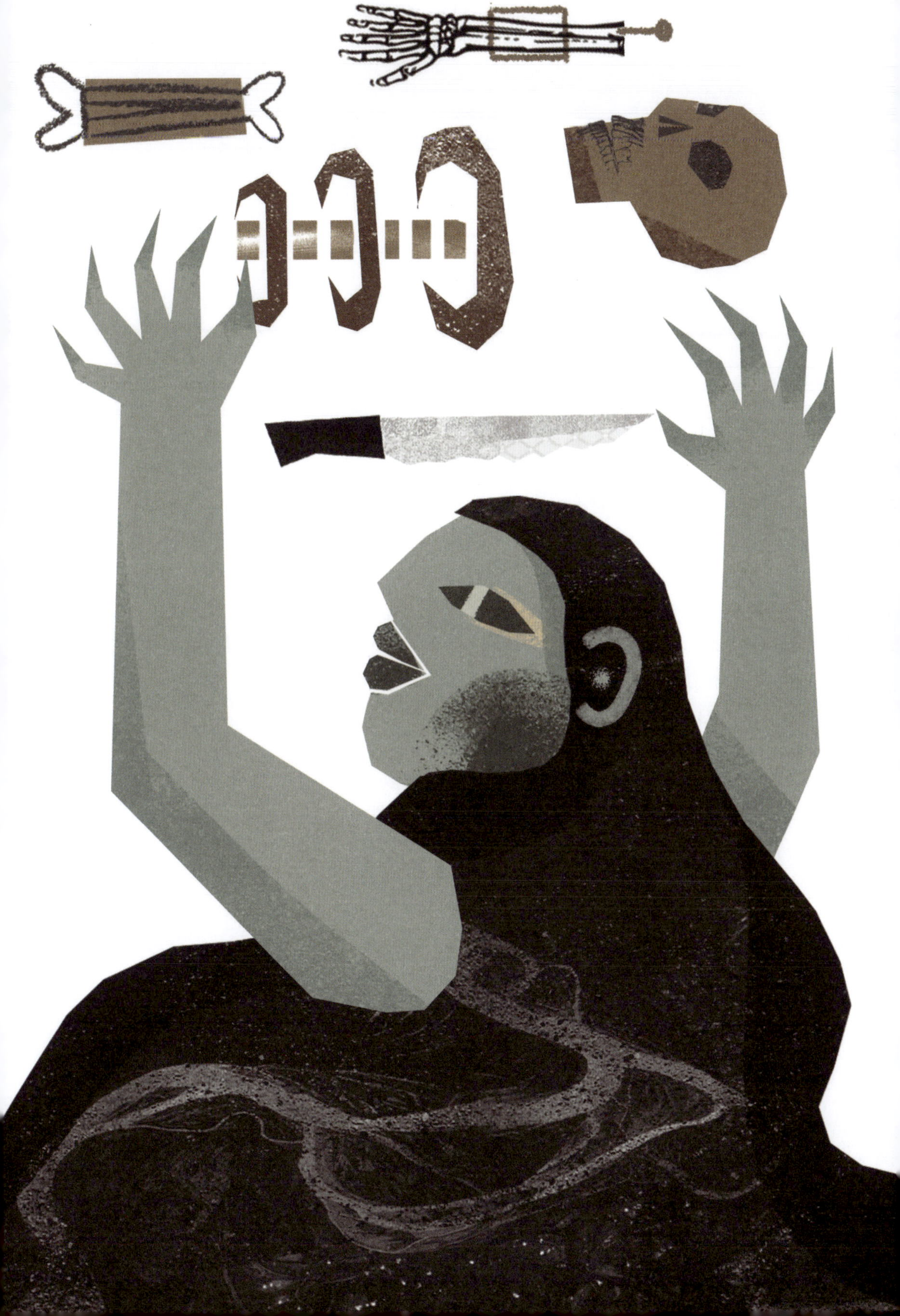

Quando estava só em casa, passou a escutar ruídos estranhos: passos, batidas na porta, um estalo na parede. Chegou a ouvir até uma criança chorando baixinho... Chegava perto para verificar e não via nada.

— A morte ronda meu espírito — ele chegou a me dizer, em alusão a um antigo livro sobre magia negra.

Numa sexta-feira, decidiu viajar para o interior. Embarcou em uma pequena lancha e rumou para Buiuçu, uma bonita vila pitoresca igual a muitas do interior do Amazonas. Agora ele iria em busca de ocorrências.

— Justamente na sexta-feira, meu amigo, você resolve querer saber sobre Yūbugwata? — questionou um líder local.

— Como assim? — espantou-se o professor, com o caderno de anotações, pronto a ouvir as pessoas. — Qual o problema da sexta-feira?

— Esse é o dia em que ele costuma atacar. E não queremos correr nenhum risco. Você, que é da cidade, pode até pensar que se trata de uma lenda. Mas nós, aqui, vivemos o tempo todo com medo dessa malignidade. Portanto, nada lhe falaremos, a não ser em outro dia.

Assim, Afonso aguardou até domingo naquela que era uma das vilas com mais histórias de *visajes*. Pequena, mas famosa, Buiuçu ganhava destaque porque ali não diziam "foi fulano que me contou" ou "essa história aconteceu com o sicrano". Em vez disso, falavam "essa história aconteceu comigo" ou "isso aconteceu com meu pai", o que lhe dava um ar de realidade.

— Foi uma noite terrível — contou-lhe um morador da vila sobre a morte de seu filho mais moço. — Era sexta-feira, noite de Natal, e todos haviam saído para ir à igreja, menos Agenor, que se dedicava a costurar a malhadeira de pesca. Estávamos ouvindo o sermão do pastor quando a filha de meu compadre entrou gritando na igreja. Dizia que Agenor havia sido morto. Fiquei sem chão, nem dava para acreditar ao ver a varanda de casa lavada de sangue. Para dentro, pé ante pé, as pegadas ensanguentadas levavam ao corpo de meu filho caído no chão, sem a cabeça. O corpo estava em estado deplorável. Todo espichado, como se alguém quisesse alongá-lo. E, assim, as vísceras saíram. Fui para o quintal. Nada havia ali, a não ser os cachorros amedrontados, sem a menor coragem de se aproximar. Se eu pudesse falar com os animais, perguntaria a eles. Aí lembrei da morte de Fabrício e da filha do pastor Jacinto... Mortes parecidas. Não aguentamos ficar ali por causa do cheiro forte de uma podridão terrível, que não era do corpo de meu filho. No mesmo instante em que chamamos o curandeiro, ele chorou e disse que não era para mais ninguém ficar sozinho. Yũbugwata era a causa da desgraça e o cheiro forte de podridão era a marca de sua manifestação.

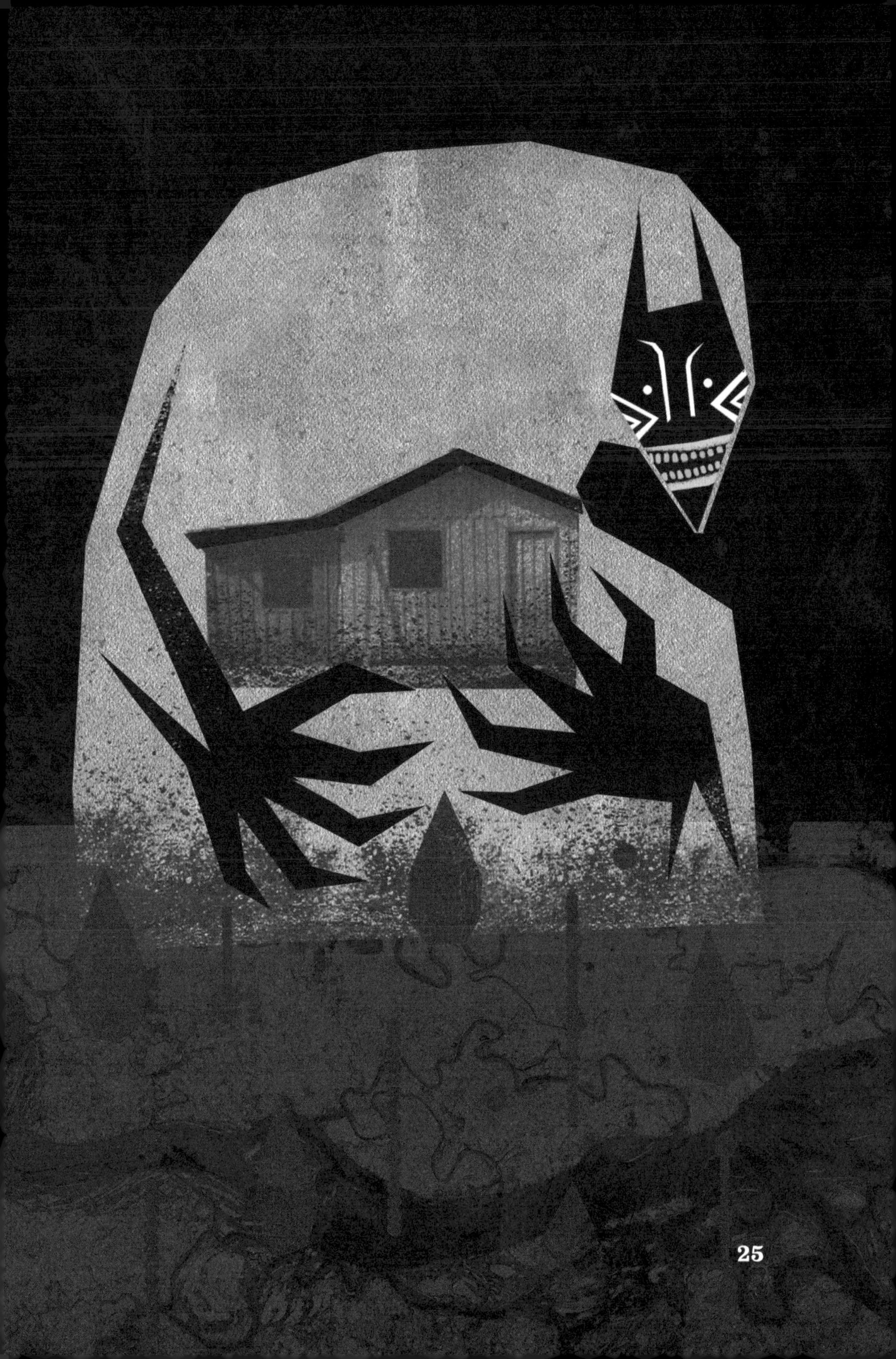

Depois dessa história, o professor se recusou a jantar. Sentiu-se mal e disse que precisava ir embora no dia seguinte.

Momentos antes de embarcar para a cidade, uma mulher cega de um dos olhos o chamou. Olhou nos olhos dele com a pouca visão de que dispunha e disse:

— Não faça o que não deve. Você está correndo atrás de sua própria desgraça. Retorne. Ainda há tempo. Essa história de entrevistar o demônio sem ser morto por ele é mentira.

Ao mesmo tempo, ela parecia querer que Afonso continuasse sua busca.

— Para chamá-lo é fácil. Basta ficar sozinho, pegar a faca, que acho que você já tem, fazer um pequeno corte no dedo, derramar três gotas de sangue e dizer: "*Reyuri iké se paya! Reyuri iké pirí reyuká ixé!*".

"Essa velha quer ou não quer que eu continue minha pesquisa? E o que é pior: me deu agora a 'senha' para chamá-lo", pensou.

Voltando à cidade, o professor, ainda mais intrigado e mais mergulhado na sua pesquisa, levou a frase a um amigo, que lhe deu a tradução.

— É um encantamento — disse. — Uma espécie de chamado. Mas é muito macabra para você decidir ficar sozinho e falar. Penso que você deve esquecer isso e parar de ir atrás dessas coisas, pois são malignas.

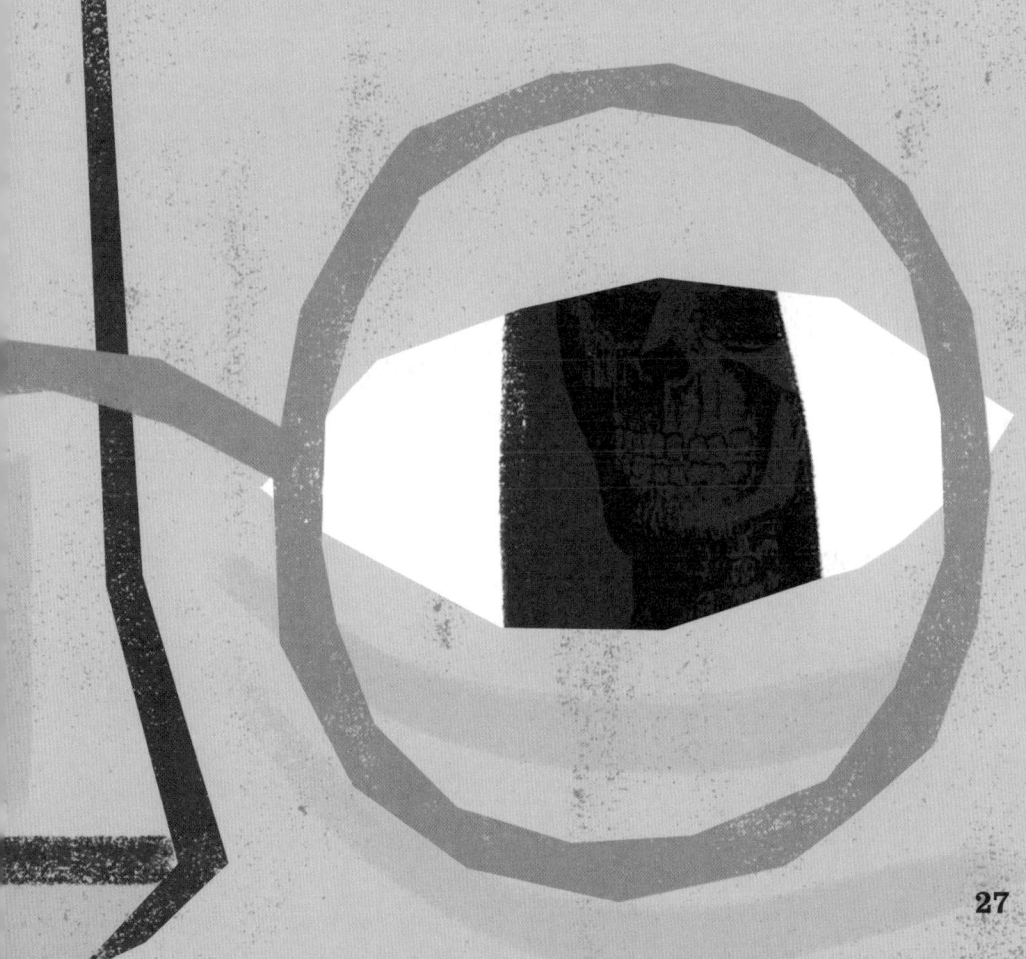

28

Quando voltou para casa, Afonso não pôde mais se conter e contou tudo para sua esposa. Mas, quanto mais ele falava, mais ela se irritava, vendo o marido mergulhado em uma história tão sinistra.

Como se não bastasse, falou também sobre o plano de entrevistar a entidade.

— Não se meta com isso! Não seja idiota! Pense em nossa família.

— Antes era só pesquisa. Agora é algo que me chama para a direção dele. Tanto que acho melhor falar-lhe. Você entende?

— Falar o quê? Não viu o que significa a tal frase na língua dos maraguá? Você está louco? A frase chama o monstro para te matar. Ainda assim você diz que nada significa?

Indignado com a recusa da esposa em apoiá-lo, Afonso saiu de casa sem olhar para trás. Não queria mais preocupar a mulher. Decidiu parar com tudo aquilo, então andou em direção à praça central da cidade. Porém, ao sentar-se para descansar num dos bancos, apareceu novamente o misterioso vendedor de picolé, que lhe perguntou sobre a entidade.

Gaguejou um pouco, tentando ignorar as perguntas que o rapaz lhe fazia, até que ouviu dele:

— Minha mãe disse que não passa de hoje.

O professor olhou-o assustado. Levantou-se, tirou o celular do bolso. Era mesmo sexta-feira, o exato dia em que diziam que ele aparecia. Mas, diferentemente de outras sextas-feiras do ano, era naquela que acreditavam que ele viria matar.

Agora era Afonso quem tinha perguntas. Com certeza alguém iria morrer naquela noite, mas quem? E onde? "E se eu falasse com Yūbugwata?", pensou. "Assim poderia interceder pessoalmente para que não matasse mais ninguém."

Pôs-se a pensar como faria para falar com a entidade. Retornou rapidamente para casa.

A esposa havia saído a sua procura. A última conversa não havia sido agradável. Então, preocupada com o marido, resolveu pedir desculpas por ter sido tão ríspida... "Ele precisa de ajuda, e eu o ignorei", pensou ela. "Quando o encontrar, vou pedir desculpas, e juntos vamos achar uma solução."

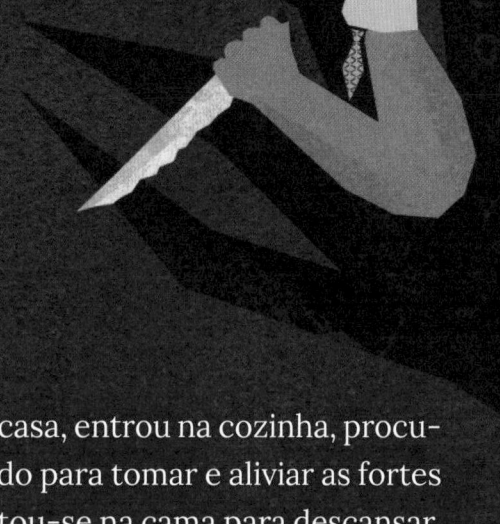

Enquanto isso, ele, já em casa, entrou na cozinha, procurou um suco e um comprimido para tomar e aliviar as fortes dores de cabeça. Depois, deitou-se na cama para descansar. Ligou a televisão, buscando um canal qualquer, quando ouviu um barulho vindo do banheiro e rapidamente um cheiro forte de podridão exalou por todo o recinto. Com o coração acelerado, levantou-se e, com uma faca de cozinha na mão, foi se aproximando do local de onde vinha aquele odor.

Nesse momento, para seu espanto, uma voz, quase como a voz de sua consciência, falou:

— Não se preocupe! Eu não mato na cidade.

Afonso largou a faca e correu em direção à porta da casa, mas ela, do nada, se fechou, impedindo-o de sair.

— Valei-me! — disse o homem, desesperado. Quem é você? O que deseja de mim?

— Você vai deixar que mais pessoas morram? — perguntou a voz misteriosa. — Hoje ninguém vai morrer se você for ao meu encontro e, com a faca, me invocar.

O professor, atônito, suava frio. Queria não acreditar no que estava acontecendo. Queria não ter ido tão a fundo naquela história. Agora sabia por que ninguém havia escrito nada a respeito da entidade. Parou com a mão no peito tentando respirar melhor. Em sua cabeça, tudo estava embaraçado. Já não pensava coisa com coisa. Foi até o escritório. A gaveta onde estava a antiga faca se abriu sem que ele tivesse feito ação alguma. No mesmo instante, entendeu o que a entidade desejava. "Esse monstro não vai me deixar em paz se eu não fizer o que ele quer", pensou Afonso.

Assim, resolveu pegar o artefato, embrulhou-o num papel e saiu pela porta, que, do nada, destrancou-se.

Pegou o carro e, no finzinho do pôr do sol, rumou para a estrada à procura de um lugar ermo e distante de tudo.

No que chegou em casa, a mulher deu por falta do artefato maligno. Procurou pelo marido e, sem encontrá-lo, foi até o vizinho, que lhe falou:

— Saiu. O sol ainda estava se pondo quando o professor pegou o carro. Só não entendi esta frase que ele disse ao passar por mim: "A morte ronda meu espírito". E continuou em disparada rumo à estrada.

Ela pediu que o vizinho a ajudasse a encontrar o marido.
— Por favor! — dizia ela. — É questão de vida ou morte. "A morte ronda meu espírito!" Essa é a frase que ele costuma dizer quando está angustiado. E já faz mais de um mês que ele tem estado nessa situação.

Enquanto contava ao homem sobre o que afligia o marido, a mulher olhava com todo o cuidado árvore por árvore, terreno por terreno, mesmo que estivesse muito escuro. Ela se lembrou das palavras do marido: "Uma noite sem lua é o sinal".

Andaram por muito tempo. Procuraram em todos os lugares. Tiveram que retornar. Até na delegacia chegaram a ir, mas foi em vão, pois a polícia em nada acreditou.

Em casa, depois de chorar a noite toda, a mulher ouviu passos vindos da sala. Correu para ver se era o marido. Nada. Apenas o silêncio desconcertante repleto de medo.

— Vou acabar enlouquecendo junto com meu marido — disse.

Saiu de casa cedo, pegou emprestado o carro do vizinho e retomou a busca. Mas dessa vez não precisou ir longe.

Na saída da cidade, próximo a um bosque, logo viu um carro da polícia parado, rodeado de uma multidão. O medo veio de sobressalto pelo corpo, desde a cabeça, resvalando-lhe os olhos amedrontados. Parou. Respirou fundo e saiu em direção aos reflexos dos faróis dos carros e das luzes da sirene no asfalto úmido.

Pessoas falavam em voz baixa:

— Coitado desse homem.

— O corpo já estava aqui.

— A cabeça, um policial retirou do meio da estrada.

— Havia um fedor terrível quando a polícia chegou.

— A família já sabe?

Era o que ela temia. Com as mãos trêmulas, foi pegando nos ombros das pessoas enquanto abria caminho em meio aos curiosos, e finalmente pôde ver o marido, ou pelo menos o que havia sobrado dele.

Amarrada em uma estaca, sua mão pendia estendida, desmembrada. Um dos pés, a três metros de distância, também estava amarrado, e o tronco estava dilacerado. O professor Afonso havia sido espichado violentamente, o que deixou os membros todos fora do lugar, inclusive a cabeça, arrancada pela mesma faca usada por ele para invocar Yũbugwata.

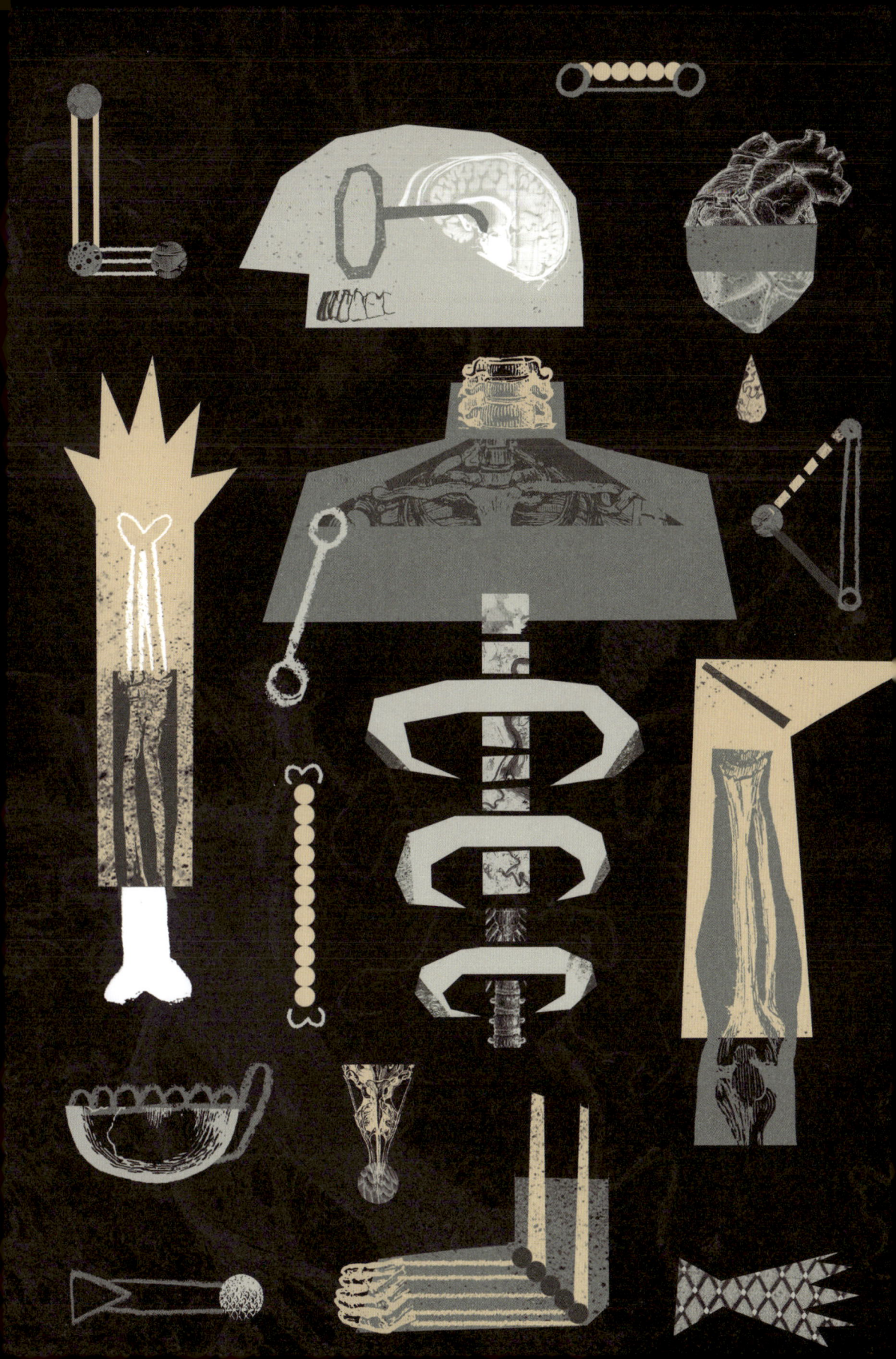

GLOSSÁRIO

Anhãga: deus do mal, segundo a mitologia maraguá.

Buiuçu: nome de várias localidades da Amazônia, cujo significado em nheengatu é "cobra grande".

Kunhãgwera: divindade da mitologia maraguá, é a senhora dos mortos, esposa de Anhãga.

Maraguá: nome de uma etnia nativa do estado do Amazonas de origem arawak, hoje localizada na região do baixo rio Madeira, mas com centenas de descendentes na região de Parintins.

Montaria: uma forma amazônica de se referir à canoa.

Nheengatu: a Língua Geral da Amazônia. Uma das principais línguas nativas do Brasil, hoje falada por dezenas de povos e milhares de pessoas. Herdeira direta do tupi.

Parintins: cidade turística do estado do Amazonas. Um dos principais municípios de sua região. Sede do festival folclórico de Parintins.

Visaje: palavra do linguajar amazônico que significa "fantasma"; "assombração".

Yũbugwata: nome de uma entidade maligna da mitologia maraguá cujo significado na antiga língua arawak é "corpo alongado".